詩集
染礼

橋浦洋志

砂子屋書房

湖沼の橋

＊目次

装画・片口直樹
装本・倉本　修

詩集　染礼

ばら

ばらを咲かせましょう
あなたは　つぼみの　小さな鉢を　庭石のうえに　置く
顔が　夕月のように　揺らぎ
つぼみが　顔のなかの　ほの暗い　丘陵を　通過する
愁いに　少し　重くなって

ばらが置かれた　庭は
匂いのなかへ　ひとが　わずかに溶けて　棘のある　枝葉を揺する
庭石を　踏む　音　門扉が　閉まる　音

何ものかに　憑かれ　何ものかに　鼓動を　高鳴らせ
傷ついた　空を　いつまでも止まない　往来

空があるうちは　駆け回れる
草を抜き　落ち葉を集め　水を打ち
声が　木々の葉陰を　行き交って　わたしは
ひんやりと　もぎ取った梅の実を　ひとつ
あなたの　そろえられた指先を　見つめて
手渡す

今日という　開かれ　閉じられる　時間の
奥深く　分け入るのは　難しい
せめて　わたしの　混乱した記憶を
切り落とした　若枝のように　掻き集め
あなたの前に　不器用に　並べてみせるだけだ

花芽がつく　という　ことばを　待ちながら
（病気の　葉を　落としますよ）

迷わず　枝を切ったおかげで
空が　深くなる
ふたりを　月明かりに　そっと　葬るような
その　音

つぼみが　闇に　溶ける
テーブルの上の
梅の実

染礼

五つほどの　大きなつぼみが
厚いガラスの　小ぶりの桶から　首を伸ばしている
うすい緑とピンクの　重なりが　ガラスの縁に　もたれている
萎れかけた花束から　摘み取った
水浴する　ニンフのように

あなたは　水桶を　両手にかかげて　問う
（ね、いいと思わない）

いつだったろう
この　滲んだ水の色を　見たのは
凍った夕空が　太陽を拒みながら　なお透明に　色づくとき
染められることなく　一片の雲が
いつまでも　浮かんでいた

蕾のようには　重ならない
いち枚の花びらの姿で　天空に
誰もが

あれは
沈丁花が　戸口に　置かれていた日
（庭に、咲いていたものです、今朝剪ってきました）
新聞紙から　花が　こぼれ出て

小さな花火が　爆ぜたような　春の夕べ
ほの白く　あなたの匂いに　滲んだ水が
空に溢れた

あなたは　水桶を　窓ぎわに置き　窓を開ける
庭先へ　こぼれ落ちそうな　ニンフたち
やわらかな声を　幾重にも　畳み込んで
母音のように　重く

わたしは　立ち上がり　窓に　寄る
（ほんとうに、いい色だ）
遠くから落ちてきた　ひとひらが
あなたの問いに重なって　わずかに　滲み合う

向日葵

大きな　旗のように　広がった　朝
向日葵が　立ち上がる　ただそれだけの　ことなのに
魂が　軋む

真昼の空が　窪んでいるのは
向日葵を剪って　あなたに　捧げたからだ
さかんに　爆ぜる　魂を　手のひらで　包む

うっすらとした虹色の　紙に　記された

紋切り型の　言葉にではなく　紙の彩りに
あなたの　心があるとしても　その場所までの　距離は
いく重もの　虹の扉で　仕切られている

この　薄い紙の　なかに　あなたの　裸身は　たしかに
しゃがみ込んで　いるのだが

愛を　告げるのは
風でもなければ鳥でもない

魂の　芯を　明るませ
小石のような　影をつくる　言葉
沸騰する　かたい　沈黙

(心を愛し、望みを愛す)*

今日という　旗で　二人の　肉体を　包もうとすれば
布は　天なる者の手で　裁断され
虹色に　染め上げられていなければならない

僕らが　こんなに　遠い　のは
僕らを　超えて　はためく　希望が　見えないからだ

魂が　こうして　爆ぜて　いるのに
沈黙を　割る　一撃が
訪れない

夏の　終わりの　手紙
（心を愛し、望みを愛す）
この言葉の　前で　僕らは　別れるだろう

向日葵を　剪った　空が　ビルの　谷間で　窪んでいる
旗が　降ろされる

＊北村透谷

庭草

庭草のなかに　こっそり
わたしは　何を育てようと　しているのだろう
茂みに　羽ばたきを追うようにして

（庭草を刈ったのはいつだったか）

食卓には　パンとサラダが　盛られ
あなたは　昨日の出来事を　てきぱきと摘んでくる
（梅の実を容器に詰め　真夏の祝祭を待つだけ）

クチナシの花が咲いた　というほどの出来事が
あなたによって　幾重にも重ねられ
わたしは　パンを噛みながら
（卓上に草が生える）
都会の蠅にも孤独はあるか　と
流れる雲を　仰ぐ
（草が唇にちくちく触れて）

あなたは　萎れていく　話を
わたしが落とした　パン屑といっしょに　掻き集める
葡萄酒は　なかったけれど
今朝の儀式は　お仕舞い　というように

今夜も　庭草の匂いに咽せて　わたしは

手品のように　指先から　希望を　羽ばたかせようと
（庭草の湿った闇に螢火ほどの神を放ち）
（掌ですくいとる希望とは　何だ）

梅の実はこんなに水が上がってきましたよ
抱えて来た容器の中で　半透明の時が　傾く
（草で顔がよく見えない）

わたしは　ぼうぼうと　椅子に腰掛けたまま
（草が唇にちくちく触れて）
紅茶の　ひと口を　飲み干す

（今日は　何の日）

何でもない日には　庭草を刈ろう

取り残した梅の実が　あれば
水で洗って
真夏の　祝祭に
あなたと飲む　梅の実　ほどの　希望

初夏

この実は　何の実
あなたは　こんもり茂った　梢を見上げる
小暗い足元に　赤く　踏み潰された　実が
泥にまみれて　散らばっている

人は　この木の下に立ち　同じように
名を　問うのだろう
（即座に　その名をもぎ取り　噛み砕くようにして　立ち去るかもしれない）
わたしは　その実の　名を　知らない

（四五粒ほど　葉群の中に　かたまって）
実が　そのままに　実であることの　ふくよかな　大気のたゆたい
わたしたちは　ただ　見上げている

（あなたは　ことばを　孕んだ　泥）
（泥とは　名であろうか　ここに練り込まれた　ひと粒の苦い問いこそが　ふさわしい）

名を　呼ぶことは　隠れている　わたしを
呼び出すこと　であり
あなたに向かって　歩いて　行く　ことだ
（わたしの　影は　濃く　くぐもりは　いっそう深くなる）
あなたが　そのままに　わたしから　離れて立つことを
（あなたが　触れると　わたしは　微塵に　砕けるだろう）
そして　あなたの　名では　なく
未開の　歌声を　肺腑が　涸れるまで　くり返すことを

わたしは　夢想する

わたしは　道を　逸れ
傾斜する　風景の　向こうに
幾重にも　重なっている　雲に　目を遣る
この　貧しい　逸脱の　傍らで　あなたは
石柱のように　くっきりと　空の梁を　支えながら
希望を　語らず
まっすぐに　問うのだ

この実は　何の実

甘酸っぱい　陽射しを　たっぷり湛えて　泥への落下を
待つ
問いの　時間

答えようも　なく
実を　実のままにして　立ち去ろうとする　わたしに
あなたは　そっと寄り　添って　くる
手のひらに　赤い　粒を　のせて

挨拶

朝
棒は　うす明かりの廊下で　ぼくを迎える
からびて少し曲がった　棒
その向こうに今日またあなたが立つ

ぼくは　挨拶に虚《から》の　握りこぶしを差し出す
つられてあなたも　棒の向こうで
拳を差し出す
（それが虚だとは思わないけれど）

窓が開かれ　遠い時間が流れ込む
ともに　溺れることを　願いながら
魂の鼓動を　手のひらで包む

棒は　あなたとぼくを　等距離に隔て
ぼくが左右にずれると　棒は
すぐにその中心を修正する
見慣れた空の下で
二つの拳はそのままに
棒の　向こうに　手渡すことばを　探しあぐねている

棒は　風にかしぎ雲に少し焦げて

ときおり　棒がふるえ　握った空気が　色づく

嘘が熟れて落ちる前に
つまづくようにして　棒を　握ってしまえばいいのだが

部屋の片隅で　ひっそり夜明けを待つ
からびた　棒
ありふれた　音がして　棒が　倒れるのは
ほんとうのことを告げたときだ

（嘘を耐える意志が捨てられて）

拳はゆっくり開かれる
ほんとうのことは告げてはいけなかったのだと
手のひらの上に　撚れた糸くずを残して
二人は別れるだろう

あなたは　今朝　はつらつと　握った拳を突き出す
ぼくは　少し遅れて　拳を差し出す
（ほんとうのことより　もっと生きてみたい）
棒が　まぶしく邪魔をして
あなたのところへは決して行けないけれど

夕暮れ

山の端に　消え残る　ひと筋の　雲
とらえることを　うながすように　山巓を　越えていくもの
稜線の　向こうで　激しく音が　鳴り
畳まれる　数々の　いのち

そこに　何があるのか　知らない　おそらく
行進する　風の　隊列　それは　過剰なまでの　華やぎであり
応答するには　わたしの　音域を　超えている
せめて　ここに　たたずむ　意志を　育てよう

あなたは　街の方を　見ている　窓辺の　夕闇に　紛れ
街の　息づかいによって　語られる
物語に　耳を　澄まして　いる
あなた自身の　物語を　手繰り　寄せようと

あなたは　花びらを　摘んでは　手のひらに　置く
手のひら　いっぱいに　なることは　ない　と
日々の　物語を　くり返しながら

夕暮れに　わたしの　頬が　痩せる
わたしから　抜け出て　いく　いくつもの　風景
日に焼けた　書物　薄暗い　論理
稜線から　吹いてくる　風の　なかで　あなたは　今日の

物語を　手のひらに　のせて　差し出す
ほのかな　ひかりが　虚ろな　わたしを　明るませて

遺品

太陽の　槌に　叩かれて　魂が　反る
千年の　井戸の　底が　乾く

夜　魂の　へこみに　夢が　溜まる
夜明けまでに　気化する　ひと粒の　種子

記憶の　水を含んだ　種子のなかに
あなたは　柔らかな　関節を　投げ出して　いる
固い　時間を　歯で　割るように

開く　あなたの　闇

声が　うずくまる　あそこへ
乾ききった　湖の　底の　反射を　渡る
盲目の　鳥

（ことばは　明るすぎる）

分厚い　闇の　奥の　ひと粒の火を　啄みに
細い　夜空の　火照りを　飛ぶ
あそこの　あの　場所で　あの　声に　撃たれるために
盲目の　鳥が　星を　軋ませる

（表情は　分節された　記号だ）

愛の　仕草のように　鳥を抱き　後ろへ　なだれる　喉
目を開けた　鳥が　空を　逸れて　歪む
エデンの　記憶が　声を上げて　墜ち　白い胚に
あなたは　沈む

夜明け
あなたが　今日の　希望のように　消えかかる
底に　残る　黒い　遺品　鳥のような　舟のような
反り返った　千年の　魂の　地層に　炭化した　種子
億年の　虚空に　太陽の　槌に　叩かれて
かわいた　花が　しいんと　咲く

水路

雲と空の　あいだは　どのくらいあるだろう
雲と空の　あいだは　水路
果実と山羊を　積んだ　舟を
あなたが　操り　揺らしたのは　いつだったろう
日に焼けた脚が　すんなり浅瀬に立ち
あなたの気配が溶けた　水路が　どこかにあったはずだ
影が　風に　ちぎれるように

眼差しが触れたとたん　消えてしまう　それは
わたしの　視野を　不意に　蹴破って
脚をのぞかせる　光にみちた　鷺のような
ただ　気配だけのもの

雲の　城の
焼け落ちた　壁と柱には　まだ　炎が残っている
飛び立った　数千の　鳥が
うっすら　朱に染まる　頭上を
黒く　砕かれた　木の葉のように

雲の　峯は　峡谷
地層は　乾いた虹の　重なり
切れ込んだ　谷間を　鳥の　隊列が　まるで　巡礼のように
けれども　それは　わたしの視野のなかに　絶えている

見ることは
気配の　向こうには　いかない
だから　運河を掘ろう　舟一艘ぶんの　運河を
あなたが　水を汲む　たわわな　空の　岸辺まで
ほの暗い　わたしの地層から取り出した石を　敷きつめて

ここへ
水を　引こう

花

はなみずきが　咲くと
あなたが　くっきりと影を帯びて　石段に立つ
風が　かすかに　小さな花の水盤を　揺らし
言葉が　こぼれてくる
つつましやかに　さびしげに

わたしが　手を伸ばすと
手のひらの上で　羽ばたく　言葉
どこへも行けない　苦しさと　ここにいる　喜びを巡って　旋回する　狂おしい　調和

ふと　あなたは　石段を　ゆっくり　のぼりはじめる

初夏の　日差しを受けて　晴れやかに
わたしの前を　通り過ぎる　もっと　明るい方へと
あなたを　空もろともに　わたしは
わたしの　ほの暗い瞳の奥に　閉じこめる

閉じこめた　風景を　くぐり抜けて　石段を
下りてくる　はなみずきの　もとへ
そして　見上げながら　つぶやくのだ
わたしの　聞きとれない　音の重なりの　一瞬の　言葉で
明日の　物語を

おのれを　開き
青空の　ひかりに　打たれつづける　紋章

歌は　とぎれることなく　つねに満ちている　器よ
わたしは　そこから　遙かに　遠く
欠けた　陶皿に　花弁を　盛ろうとする

雨

雨に
電話の声が　濡れて　ここまで届く
くったりと　ことばが滲んで

「はなのかおりがします」

受話器をくぐった　華やいだ声が　薄墨のように　窓を濡らす
あなたは　煙った林の中で　黒い衣装に　身を包み

燈台のように　遠い灯を　ともしている
こういう日には
それが
黒い布地の下に　透けて見える

わたしも　急いで　黒い布に　身を包み
魂を　揺らす
魂にも　重さが　あったことを　確かめながら
あなたに　密かな　合図を　送る

雲の　祭壇
松林に　風がひゅうひゅう鳴って
あなたは　大きな翼を　広げるようにして
霧のなかで　薄い衣を　脱ぐ

わたしは　たおやかな沈黙を　読み取ろうとして
起伏を　ゆっくり　撫でる
遠い炎に　手のひらを　焦がしながら

裸身の闇に
宇宙の芯が　赤く燃えて　鳴っている
歌が　あなたのなかに　生まれようとしている

手のひらのなかの
あなたは　発光する　山河

風が　一瞬　止み
祭壇に　声が上がる
からびた鳥のように　二人は　横たわったままだ

あなたは　立ち上がり
燃え尽くした　魂の芯を　黒い翼で被う
雨まじりの風が　松林に　ひゅうひゅう鳴って
二人は
枯れ葉のように　下界へ　吹き飛ばされる

雲が　切れて
床に　わたしの影が　くっきりと　印される
一瞬の閃光を浴びた　愛の　陰画

空を　黒々と　鳥が　流されて　いく

科白

劇場の幕を　開けるように
あなたは　朝の窓を　開ける
まだ語られていない科白が　残っている　とでもいうように

さりげない　小道具に囲まれて
あなたの空と　僕の空の　深さについて
海へ急ぐ　雲の記憶　あるいは
漂流する塔について

（いくども聞いた話をくり返してはいけない）

この辺りで　物語を畳んでもいい
物語は　いつも断崖のように　終わるのだから
あなたとともに　そこに立っても　いい

あなたは　逆光のなかに　立ち
僕の科白を　待つ

手渡された　時が　ひんやりと
外の緑を　映している
手のひらを染めていく　寂寞とした　白さ

科白までの　間が　重く　僕の臓腑を　塗り込める

あなたが
窓際を離れ
僕の前を通り過ぎる

その仕草が　澄んでいるのは　どうしてだろう

梢には　蕾が
語り尽くしたものたちが　また　点々と
語りはじめようとしている

（あのとき　僕たちは　はじめてのように　木の下に寄った）

あなたの仕草が　葉ずれのように　かすかに鳴るのは
ここに在ることだけを　引き受けているものたちの
弱音の旋律に　和しているからか

ああ　渇いた臟腑に　細かいひびが走る
喉元に　声になろうとして　迫り上がるものがある

エデンの物語　あるいは　サクラの歌　それとも
あなたへの　問い

空の　青々とした　虚無を　背景にして
声が
茶器の置かれた食卓に　僕を　誘う

冬の塔

月を　見上げる　だけなのだが　こころが
滝のように　濡れる

ビルと　ビルの　谷間に　留まる
欠けた　光の器
抱きかかえ　夜空を　渡るのは
わたしの
歌か

あなたに　用意した　言葉を　はるか頭上の　器へ　放る
器が　揺れて　街が　濡れる

（このつめたさをどうしよう）

壁に貼り付いた文字が　音もなく　時を告げる
始まり　のようでもなく　終わり　のようでもなく

ビルに　囲まれた　この時が　塔のように　動かなければ
わたしは　このまま　あなたの　歩哨になる

塔は　照らされて　凍って　いるが
歩哨は　内側の階段を　ゆっくり　昇っていくだろう
がらんどうの　空虚のなかを　幾重にも　巡りながら
その中心を　あなたで　満たそうとして

（そして）

月を　見上げることしか　知らない
歩哨が
身を　投げた　ことを
あなたは
知ることが　ない

（にぎやかに　掃き捨てられていく　この　場所に
　季節はずれの　鳥が　落ちているなんて）

雑踏のなかに　紛れてしまいそうな　あなたの　裸身を
光に　透かし
（あなたは　はるかな　沖に　漂っている）

つかまえて
どこへ　行こうと　するか
手渡す　ものを　探しあぐね
「ほら　きれいな月」
あなたの　おくれてきた　言葉が　ゆっくり　落ちて
こころが　また　濡れる
(このつめたさをどうしよう)
「ね、」
塔が　傾き

歌が
聞こえたようで

空を

いつのまにか　海棠の花が　咲きほころび
朝　南の海に船を沈めた嵐が　街角をたたいている
風が　ビルの　谷底を　揺すり　ふと　人波のとぎれた
濡れた歩道から　うすみどりの　茎のように
あなたは　つぐんだ口もとを　にじませて

昨日　白鳥が数羽　啼きながら　屋根を　越えたのは
夜空が　うすく血を流し　季節が　はなやいだからだ
風と　星の　傾きに合わせ　尾羽根で　楫をとり

越えるという　無謀さを　なんども　啼き交わしながら
海原の　月明かりを　ざわめかせるのだろう

知らないうちに花が咲いてはもう散っています
と　呟く　あなたの顔の中を　ゆっくり　古代の日がのぼる
顔が　明るんで　窓の外の　夕暮れの方へ　にじみでる
わたしの顔も　あなたに照らされて　ほのかに明るんでいる
二人の　ことばだけが　今を追いかけて　爆ぜている

この　わずかな距離が　こんなに　遠く　折れているのは
もうしばらく　わたしの鳥を　両手で捕まえておきたいからだ
放てば　鳥は　あなたの窓辺まで行きつかず
ゆがんだ　水平線を　永遠に　逸れるだろう
後も先もない　宇宙を　小石のように　落ちるだろう

白い鳥は　どこまで　行ったか　陸地は　見えたか
古代の日の　はためく　空を　飛びつづける　鳥よ
ここの季節は　おだやかに　軋みながら　回転する
あなたの　からだの中に　今日汲み上げた　水が　揺れるので
わたしは　そっと　嵐に折れた　枝を　挿そうとする

何処かの国の森の中

春日

いつのまにか　椿が　散った
今日　水仙のつぼみが　はじけている
いつか　こういうことが　あったと　思ってはみても
季節は　やはり　今でしかないままに
いつの間にか　曇り日が　うつろっていく

誰かが　戸口に　立つ
その気配だけを残して　通りは　乾いている
わたしの　顔に　しんかんと影を刻んで

日は　傾いていく
庭の　片隅を　風が　吹き抜ける
何ものも　訪れず　何ものも　去りはしない

陵辱された　この島を　ときおり
地鳴りのように　揺るがす　声
それが　島を洗う　海の音だとしても　そこに
幾万の　叫びが　滲んでいると　誰が　聞くだろう
横腹に打ちつける　鉛色の　うねりに　島が　軋む

高層の　窓辺の　空を
錆びた　刃物のような　声が　襲ってくることはないか
朝焼けの　空に　飛び立ち
太陽に焼かれた　魂の　焦げた臭いが
雑踏の　路面から　立ち上ることは　ないか

遠雷が　ときおり　この場所を　濡らして
春風に　机の上の　手記は　墓標
ザック　ザック　と　文字が　蟻のように　整列する
隊列は　庭石を　越え　茂みを　渡り　塀の外へ
空いっぱいの　声の　破裂
つぼみが　揺れて
文字のない　白いページが　ぱらぱら　めくれる

語尾

馬酔木の　花が　雨に濡れている
わたしが　言った　ことは　わたし自身を　背負えるだろうか
葉末から　こぼれる　わたしの
語尾

この島の　声は　神の　贄として
霧深い　海峡の　波間に　惜しげもなく　投げ込まれ
唇には　水滴のような　語尾だけが　残されている

雨が　ものを　叩くように

月を　見上げ　雪を踏み　思いを　呑み込み　風が吹き　日が照り
乾いた　石を　また　驟雨が　叩く
ひっそりとした
語尾の　明け暮れ

杜のなかで　霧に湿った　若草を　粗悪な鎌で　刈り取る者
決まり文句を　声高に　繰り返す　神に　仕える者
である　かのように

障子の向こうの
うっすらした　日射しに　葉末の　水滴が　わずかに　ふくらむ

漂流する　声を　抱き取る　語尾を
小雨つづきの　庭に　育てなければならない
馬酔木の　花が　散る前に

訣別

日ざしは　ここを　うっすら焦がし
浮き島のように
きのうも　あしたも　このようで　あり続ける
この場所の
はるか下方に　澱む　海から
数限りなく　飛び立つ　鳥

貝殻と　砂礫の　ねじくれた地層の
切り立つ断崖を　掠め　昇ってくる

鉛色の　翼の連なり
降り立つ場所を探しあぐねて
ひるがえり
切れた鎖のように　落下する

異国の流木が　散乱する　台地
四季の移ろいごとの　記憶の流出
霞か　花か　おぼろな岸辺の内側に
高圧線が　張り巡らされた　ひと塊の　森
翼は折れるだろう

きょう　いち羽の鳥を　籠から放ち
小さな藁の巣に　火をかける
青菜と　穀物の　器を啄む鳥を
見ていたいという　穏やかな希望を

ひそかに　葬るために

窓辺を　ときおり　影がよぎる
おびただしい　羽ばたきが　空を覆い
やがて　ここを　不毛な湿地のように
踏みしだくだろう
折れた翼の　いち撃が
わたしの　いち羽の鳥を　葬るだろう

楽園

枝に垂れた　紐から　ふと　首をはずし　歩き出す
天使の　影

日付が　折れて
二人で　林檎を　囓った　記憶が　道端に　捨てられている
根も　葉も　ない　希望の　黄色い　太陽に
今日も　陵辱される
五月の　空

天使が　踏跟と　路上に　立つ
（足の付け根に構える門から
　双眼鏡で永遠を覗け）

呼び出しを　待って　片雲のように　漂う
天使たち
己の　存在を　小さな受信機に　託し

（神によって呼び出されねばならぬ）
（始めに言葉があった　ただそれだけであった）
（縊死する神を見届けねばならぬ）

黄色い太陽が　のしかかる　五月の　空

僧侶が　門を　くぐる
門の　向こうに　エデンの　廃墟
ふと　首をはずし　歩き出す　天使の　影

啓示

喇叭が　鳴る
夜明けが　根も　葉も　ない　祝祭を　ぶち上げる
煤けた　街に　万国旗が　翻る

夕べ
この街を　彷徨い
俺は　気もそぞろに　乾いたサラダを　食った
こんなに　うっとり　吊されて　いいものか

肝が　朝の空気に　燻されて　蜜を吹き
柔らかい手で　切り取られることを　待っている

昨日の夜　空が　傾いた
がらがら　落ちた星が　俺の　鼻先に　ぶら下がった
こんな　目眩が　あっただろうか
お前の　瞳が　螢のように　揺れて　骨の　髄を　埋め尽くす
四六時中　お構いなく　火が　ともり
俺の　魂が　悲鳴を　上げる

俺は　単純きわまる　虻
お前は　開化する　花びらのように　溢れ　つづけ
俺は　お前の　なかで　干からびる

真っ逆さまの　夜明けが

根も　葉も　ない　祝砲を　ぶっ放す
こんなにも　うっとり　吊されて　いいものか
喇叭が　鳴る
聖者が　街へ　やって来る

窓際

あなたは　窓際に座って　顔は
こちらを向き　逆光に　埋もれて　いる

口から　緑色の　ことばが　押し出される
灰色に　隈取られた　唇が　息をするたびに
ことばを　ちぎり
あなたの　膝が　ぽとぽと　緑色に染まる

窪地のような顔には　靄のようなものが　溜まっている

ひかりが　移ろい　眼窩は　底に　沈んでいる
わたしは　目だけを　きょろきょろさせて
ボウフラのように　突っ立ち　透明なままに　揺れている

わたしの　濃い　墨色の
ことばを　あなたの　額のあたりに　たらせば
あなたの顔の表情が　はっきり　見えるだろう
そのとき　わたしの　顔がゆがむだろう
あなたを　取りこぼし
体は　焦げながら　針金のように　曲がるだろう
あなたは　部屋中を　緑色に汚して　話を　終える
口元に　染みをつけ　くったりして　立ち上がる

わたしは　空き瓶のように　部屋に　残されて
窓の若葉が　わたしの顔を　塗り　つぶす

河口

おまえの　顔は　河口
潮の　満ち引きと　雲と風との　小さな渦が波立っている

河口の　夕暮れは　春風と　見分けがつかない
水辺の　草が　うすく　化粧を　ほどこして
すでに　今夜の夢を　見はじめている

月が　昇り　河口は　闇に沈む

顔が　やがて　山稜のように　照らされて

突き出た　鼻骨が　凍てつく空に　晒される

肺のなかを　ときおり　乾いた星が　行き過ぎる
痛みをこらえ　額は　砂漠の岩のように
しらしらと　降ってくる　問いを　受け止める

地層の　奥深く　予想もつかない植物を　育て
ほんの少し　夢見がちに　唇を　あけて
ことばの　手前の　柔らかく　暖かな　闇を　見せる
そこに　揺らめく　亜熱帯の　小さな花と
花粉にまみれた　鳥の声が　わたしを　喜ばせる

夜明けの　霧に　覆われて　おまえの　顔は　河口だ
やがて　潮と　雲と　他人の船が　行き交って
夕暮れまで　会えない

街

ここに　立っているのは　手渡したいものが　あるからだが
そんな　ものは　もともと　ありはしない
やわらかな　はずむ　水槽から　あふれる
すこしあたたかく　すこし　重い
あなたとの　食べかけの　果物や
水草の　揺らめくひかりを　頭から浴びたい　だけだ

蟬が　すすけた街路樹に　しがみつき
アスファルトを　引っ掻くように　鳴く

西日の当たる　部屋で　活字の迷路に　行きなずみ
人にも　神にも　出会わなかった　ただ
たからかな否定形が　すこしばかりの　勇気をくれて
陰惨な夢を　悪くはない気分で　見つづけていた

手渡すものもなく　ここに　来たのは
否定形でなく　肯定形でも　ない
皮膚をおしあげる　からだの　薄暗い　張力を
街の空気に　滲ませて　みたいからだ

約束の場所で　その　うすい服の下に　隠れている
ほのしろい　魂に　触れてみたい　からだ

手をふる　仕草が　街路樹を　染めあげ

蟬が　黙り込む

この街に　神は　いないが
声が　はじめての　名づけのように　はずむ
季節の　水槽を　波立てる

逆光

「登ったことがありますか」
逆光の　奥からの　問いが　沖の旗のように　遠い
塔に　登ってはいけない
曲がった階段が　がらんどうを　めぐり　呼吸もできない
幾重もの　がらんどうから　見えるのは
澄み切った水が　流れる　街　夢が　流木のようだ
そのまま　空への　投身を強いられる　だから

登っては　いけない

あなたは　思い浮かべているのだろう
遠い国の　階段と　噴水と　雑踏から　突き出たような
塔の　先端を　鳥が舞うのを

椅子に腰掛けた　怠惰な　わたしの　半身
語るべき　ことばを　探しあぐね　空を仰ぐ
顔面の　起伏を　点々と　鳥の影が　流れて　行く

あなたの　顔は
傾き始めた　午後の日差しが　邪魔をして
ここからは　見えない
怠惰な　わたしの　半身も　欠けた月のように　見えないだろう

あなたと　わたしの　間には
吹き抜けの　がらんどうが　聳えている
そこに　登っては　いけない

羽化

蟬の　声が
密生した木々を　あらんかぎりに　揺すっている
季節は　いま　恍惚として　ぬれ
激しく　あふれ出る　いのちの　過剰を
誰が　いったい　受け取ることが　できようか

わたしは　部屋の　なかで　遠い　反響を　聞く
振り向きながら　微笑む　人の
明瞭でありながら　遥かに　仕切られた　言葉を

ほのかに　色づく　音の　連なりとして
蟬時雨の　なかに　聞き取ろうと　する

このまま　自然の　流れに　まかせましょう
声が　いくども　耳元に　散る
自然は　もっと　意志的なものではないのか
それとも　意志は　流れに背く　頑なな　錯誤なのか
わたしは　深く　切れ込んだ　夏の淵に　佇んだままだ

夜の　庭で　生まれたばかりの　蟬の　まだ　ぬれている
白い羽根が　闇に　浸されて　ゆっくりと　透明に　なっていく
羽化の　余韻は　なんと　危うい　静寂を　含んでいるのだろう
いのちの　かたちが　整うまで　そこを　立ち去っては　いけない

名づけようのない　いのちの　過剰を

ただ　散らかすことしか　できないことを　怖れ
わたしの　闇のなかに　閉じ込めた　白い　蟬が
耳の奥に　吃音で　鳴いている

ああ　季節は　いま　喫水線を越えて　波打っている

影

白い紙の上に　ひと粒の　種をのせる
種にも　舞い姿が　あるのだろう
高みから　地上までの　時をさえ
芳醇に　生ききろうと　落下するのだから

片手で　そっと揺する　重くもなく　軽くもなく
天上からこぼれた　ひと粒の　種
黒い粒の記憶は　まだ　新しい

(おれはレンズをかざし光の輪を狭める)
と　そこから　音　黒い粒が　固い表皮の下に　抱えている　音だ　ドン　ドン　と
水が　地を打つ　音　バリバリ　地球が回る　ぶ厚い　低音の唸りは　空の　音か
白い紙の　振動が　指先に　伝わって　くる
(おれは光の輪をさらに狭め)
金属質の　連打音　重なり合う　喇叭　おお　船が沈むのか　ギシギシ　櫂のような
そして　馬に引かれる　戦車の　響みさえも
(黒い粒にひと粒の太陽)
紙が反り　音が止む　と　くっきり　撚れながら　立ち上がるのは声か　狼煙のように

虹のように　ひと粒の　光の殻が　弾け　ことばが　放たれる

一瞬の賛歌　あるいは
永遠の
渇き

ああ　また　高みから　ひと粒の　影
結実への　時を　幾重にも　重ねて
地上へ　舞う

樹木

せめて　光のなかで　愛撫されることを　願い
風は　鎮魂の歌であれ　と
わたしのなかの　未生のことばが　身じろぎする

駿馬の　空を蹴る　とどろきが　葉群のなかから聞こえてくる
隆とした肩　飛び散る汗が　鬣をぬらし
誰も看取らない　断崖へ
駆け抜ける
わたしの　粗雑な樹木を　踏みしだいて

大風の　後のように
無数の枝葉が　落ちている

梢に　伝説をなくした　星が　透き見える
奪い尽くされた　夜の　樹木　黒々とした　幹よ

馬たちの影が　朝焼けの空を　遠ざかる

ひっそり　驟雨を浴びて　ことばが　回復する
光と風の愛撫が　わたしを　揺すり上げ
未生のいのちが　身じろぎする

月

——嘉成隆行氏撮影の猫に——

季節に包まれた　ひとつの影
日の匂いのする　ひそやかな気配
じっと夜の眼で見つめる　おまえの
瞳に月がある
鬱蒼とした繁みをくまなく照らす
深い色を湛えて

枯れ葉が散る音に身構えるとき

気配は濃くなり
月が光を増す

ときおり　鼻面で嗅いでみる
土や　花や　怪しげな同族の臭いが
風とともに体を通り抜ける
風を追い　見上げる空の
あまりの広さに　おまえは目をつぶる

深夜　おまえの眼が冴える
皎皎と街を明るませ
ゴミ袋に括られた人間の日々を
魚の骨や野菜とともに食い散らす
路地裏を走り
夢を踏み　ひと晩

夜と戯れる

朝
喉の渇きに　影が重くなる
夜の眼の月を　ほのかに水に映して

おまえは　いつも
満ち足りた日の余韻のように
そこにいる

舟

空を　一艘の舟が渡る
櫓が軋み
雲間に青い水脈を引きながら
舟が進む

漕ぎ手は　おそらく
皺が刻まれた顔と明るい瞳と
いい声の持ち主
歌っているのだ　空の広さと

香しい太陽を

櫓を握る者の魂は
風と光を浴びて　果実のように熟れ
重くなり　やがて
舟とともに
空の深みに沈むだろう

その時まで
舟は　はるか頭上にあり
歌は地の草を揺らすだろう
雨のように　あるいは
日の滴のように

夜　舟は月に隠れて見えない

月は皎皎と　傷んだ舟を抱いているのだ

空が白む頃
櫓が軋み
雲の峰を離れる影

朝の空を
一艘の舟が渡る
今日も　歌が大地に降るだろう

ヒバリよ

頭上　高く　啼く　ヒバリよ
空の　奥に　潜り込んで　おまえは
何を　見つけたというのか

麦の　落ち穂の　日に　焦げた　においを　振りまきながら
空の　影を　追いかける

いっ心に　駆け　のぼる　危うい旋律　呼吸の　断続が
蒼い半球を　ふるわせて

死の　高さに　挑むように　声が　太陽を　揺する
こぼれる　炎に　翼を　濡らし
蒼い　断崖の　縁で　そのまま　亡びようと
ふと　礫のように　落下する　ひとかたまりの　意志よ
恐怖が　おまえを　凍らせたのだ
落ちた　方へ　わたしは　歩む　畑中の　おまえの　方へ
おまえの　骸を　両手で　包もうと
だが　おまえは　あらぬ方角から　光の　淵へ
飛び立つ
もういちど　おののきを　のぞき込むために

おまえは　空の　奥の　ほの暗い　枯れ草の　中に
甘味な　死を　育てている

ヒバリよ
おまえの　声の　ひと欠けを
わたしの　沈黙の　なかで　育てよう

雲雀

雲雀は
声の重さを　ひとつひとつ　捨てながら　のぼっていく
胸に　ぎっしり詰まった　狂おしい季節から　逃れようと
雲雀は　体が　からになるまで　声を捨てる
そして
ひと束の　藁のように　落下する

それまでに　翼は　何度　振られるだろう
ひと振りごとに　吊り上げられる

玻璃の　ピラミッド

斜面に　へばりつくように　身をかがめ
時の　石組みを　蟻のように　運び上げる　裸の　群衆
この季節を　逃すまいと
とりどりの　旗の　持ち手が　先頭を切って

わたしも　切り出した　白い時を　肩にして　のぼる
置き場のない　石を
誰よりも　あの頂の　声の側に　据えたいと　思い
小さな　旗を　手にして　のぼっていく

雲雀は　空に紛れて　見えない
玻璃の　斜面が　多角形に　天を　区切って
声が　金色の　油のように　わたしを　濡らす

傲慢で　ひ弱な　美しい　叫び
おまえの　翼が　わたしの　頬をうつとき
雲雀よ
身をよじって　のぼる　飛翔から　おまえは　解き放たれる
わたしを　虚空に　残したまま

それでも
わたしは　小さな　旗を　掲げて　斜面を　のぼる
ひとつの　母音で
藁のような　おまえの落下を　支えようと

あとがき

生活と趣味とはけっして相反するものではなく、生活をとらえて衣食住に限定することは、狭すぎる。趣味は、必ずしも具体的な物事を指すとは限らない。従って、趣味性といった方がいいと思うが、趣味性は、生活の彩りのようなものであり、そこには、静かにして持続的な、何ものかに焦がれる気持ちがあるのではなかろうか。その意味では、趣味性は生の核心にうごめくものである。これを恋情と呼ぶとすれば、この詩集はそのような恋情で織りなされているともいえる。

恋情は、ここでは多くは「あなた」に託されている。「あなた」は、私の空虚さを映し出し、同時に埋めてくれる、不可欠で、遠い存在に他ならない。また、それは私の生活を生動させるきわめて内部的な存在でもある。その原型は、常に私の傍にあって、朝と夜の行き交いをともにに生きる者の姿にある。

作品は一九九七年から二〇一六年にかけて発表されている。ずいぶん時間の幅があるが、ほとんどは二〇〇三年以前のものである。
すばらしい作品をご提供いただいた片口直樹氏に心から感謝申し上げたい。
この度も砂子屋書房の田村雅之氏にお世話になった。改めて謝意を表したい。

（二〇一六・七・二三）

詩集　染礼

二〇一六年一〇月一五日初版発行

著　者　橋浦洋志
茨城県水戸市堀町二二五二―二三（〒三一〇―〇九〇三）

発行者　田村雅之

発行所　砂子屋書房
東京都千代田区内神田三―四―七（〒一〇一―〇〇四七）
電話〇三―三二五六―四七〇八　振替〇〇一三〇―二―九七六三一
URL http://www.sunagoya.com

組　版　はあどわあく

印　刷　長野印刷商工株式会社

製　本　渋谷文泉閣